D1686911

Der Mann mit der Maske

2 - Der Tag des Fuseurs

Text:
Serge Lehman

Zeichnung:
Stéphane Créty

Tintenzeichnung:
Julien Hugonnard-Bert

Farben:
Gaétan Georges

Cover:
Benjamin Carré

B BUNTE DIMENSIONEN

Was bisher geschah (Band 1)

Nach sechs Jahren in Afghanistan und im Kaukasus verlässt Sergeant Frank Braffort die Armee und kehrt nach Paris zurück, wo ihn seine Schwester Raphaelle aufnimmt. Verletzt und durch Depressionen geschwächt, lässt sich Frank von dem ehemaligen Kampfgefährten Victor Duroc, Spitzname „der Fuseur", überreden, Joël Beauregard – den Sonderpräfekten, der von der Regierung damit beauftragt wurde, der Hauptstadt ihr vergangenes Ansehen wiederzugeben – zu treffen. Für die Einen ist Beauregard ein zynischer Manipulant, doch er hat auch Anhänger, die in ihm ein Genie sehen, das in der Lage ist endlich die Metropole Paris entstehen zu lassen. Eine Welle seltsamer Phänomene – die Anomalien – erhöht zusätzlich die Spannung und beunruhigt die Medien.

Franks Konfrontation mit einem dieser Gebilde beeindruckt Beauregard sowie dessen Sicherheitschef Oberst Assan. Beide drängen den ehemaligen Sergeant, sich noch am selben Abend zum Montmartre zu begeben. Dort betritt Braffort ein unterirdisches Labyrinth, in dem seltsame Apparate aus den Goldenen Zwanzigern gehortet werden. Cléo Villanova, eine Freundin von Beauregard, verrät ihm die wahre Natur des Ortes: Es handelt sich um den geheimen Bunker des Phantoms, dem grausamsten Serienmörder vom Paris des XX. Jahrhunderts. Eine Maske und ein schwarz-weißer Anzug in einem Schrank deuten an, dass noch ein anderer Mann diesen Ort bewohnt hat. Aber wer? Frank hat keine Zeit, diese Frage zu stellen: Zu seinen Füßen öffnet sich eine Falltür und setzt ihn einem unkontrollierten energetischen Ausbruch aus. Frank verliert das Bewusstsein, während sich das Licht wie eine Decke über die Nacht ausbreitet.

Mein Dank geht an das Team von Delcourt, an David und an Camille.
Für Michel.
Stéphane Créty

Bereits erschienen:

Band 1:
„Anomalien"

Band 2:
„Der Tag des Fuseurs"

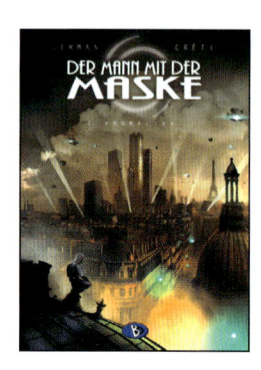

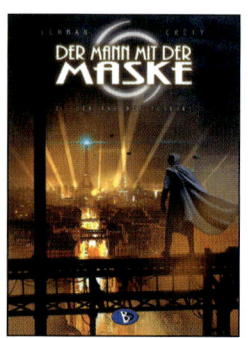

Text: Serge Lehman
Zeichnung: Stéphane Créty
Farben: Gaétan Georges
Tintenzeichnung: Julien Hugonnard-Bert
1. Auflage 2017
Verlag Bunte Dimensionen, Augsburg
Alle deutschen Rechte vorbehalten
Chefredaktion: Thierry Zeller
Aus dem Französischen von Saskia Funke
Lettering: Kai-Uwe Wallner
Lektorat: Iris Pastor Perdices
Lizenzen: Roland Schulz
Internetgestaltung: Arndt Teinert

Originalausgabe:
Masqué: 2. Le Jour du Fuseur

DER MANN MIT DER MASKE

© 2012 – Guy Delcourt Productions
all rights reserved

Gedruckt von „Standartų spaustuvė", www.standart.lt
Tel.: +37 052167 527, Vilnius, Litauen

Vertrieb in Deutschland, Österreich und Schweiz:
PPM Vertrieb, Lortzingstr. 5, 32683 Barntrup

ISBN: 978-3-944446-62-2

www.buntedimensionen.de

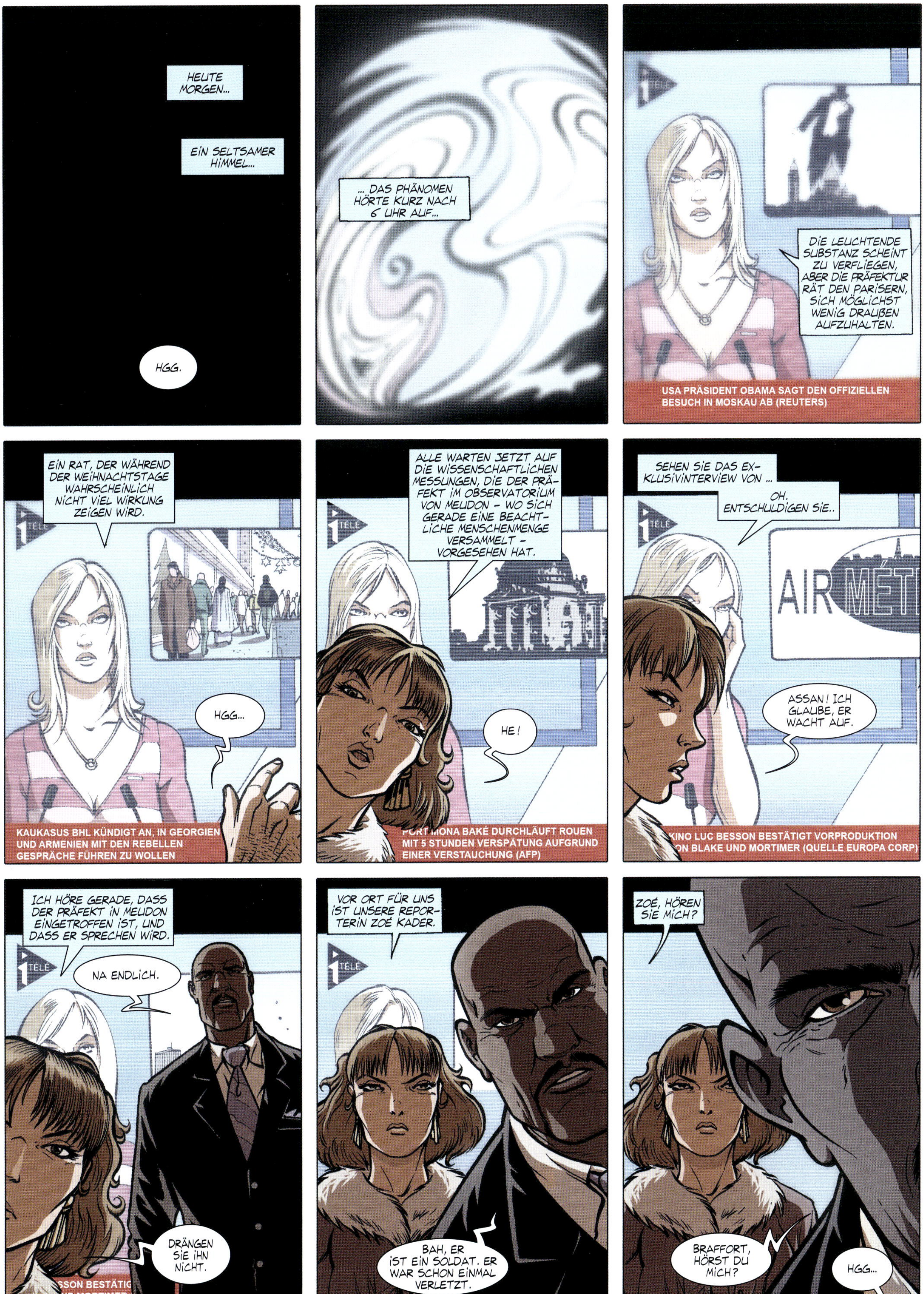
HEUTE MORGEN...
EIN SELTSAMER HIMMEL...
HGG.
... DAS PHÄNOMEN HÖRTE KURZ NACH 6 UHR AUF...
DIE LEUCHTENDE SUBSTANZ SCHEINT ZU VERFLIEGEN, ABER DIE PRÄFEKTUR RÄT DEN PARISERN, SICH MÖGLICHST WENIG DRAUßEN AUFZUHALTEN.
USA PRÄSIDENT OBAMA SAGT DEN OFFIZIELLEN BESUCH IN MOSKAU AB (REUTERS)
EIN RAT, DER WÄHREND DER WEIHNACHTSTAGE WAHRSCHEINLICH NICHT VIEL WIRKUNG ZEIGEN WIRD.
HGG...
KAUKASUS BHL KÜNDIGT AN, IN GEORGIEN UND ARMENIEN MIT DEN REBELLEN GESPRÄCHE FÜHREN ZU WOLLEN
ALLE WARTEN JETZT AUF DIE WISSENSCHAFTLICHEN MESSUNGEN, DIE DER PRÄFEKT IM OBSERVATORIUM VON MEUDON – WO SICH GERADE EINE BEACHTLICHE MENSCHENMENGE VERSAMMELT – VORGESEHEN HAT.
HE!
MIT 5 STUNDEN VERSPÄTUNG AUFGRUND EINER VERSTAUCHUNG (AFP)
SEHEN SIE DAS EXKLUSIVINTERVIEW VON ...
OH. ENTSCHULDIGEN SIE..
AIR MÉT
ASSAN! ICH GLAUBE, ER WACHT AUF.
KINO LUC BESSON BESTÄTIGT VORPRODUKTION
BLAKE UND MORTIMER (QUELLE EUROPA CORP)
ICH HÖRE GERADE, DASS DER PRÄFEKT IN MEUDON EINGETROFFEN IST, UND DASS ER SPRECHEN WIRD.
NA ENDLICH.
DRÄNGEN SIE IHN NICHT.
VOR ORT FÜR UNS IST UNSERE REPORTERIN ZOÉ KADER.
BAH, ER IST EIN SOLDAT. ER WAR SCHON EINMAL VERLETZT.
ZOÉ, HÖREN SIE MICH?
BRAFFORT, HÖRST DU MICH?
HGG...

1/44.

"JA, MAÏA. WIE SIE SEHEN KÖNNEN, SIND VIELE LEUTE HIER, ABER DER SICHERHEITSDIENST DES PRÄFEKTEN IST UNERBITTLICH. ICH WERDE VERSUCHEN, NÄHER HERANZUKOMMEN."

AIR METRO

METROPOLE PARIS, 4. DISTRIKT. MEUDON-HÜGEL.

24. DEZEMBER, 13:30 UHR.

VERZEIHUNG.
BEAUREGARD! DIE PARISER STEHEN HINTER DIR!
ENTSCHULDIGEN SIE.
ZURÜCK.
ICH BIN VON DER PRESSE!
BEAUREGARD IST EIN FASCHIST! HAST DU DAS NOCH NICHT KAPIERT, DU IDIOT?
WEN NENNST DU HIER EINEN IDIOTEN?
MAÏA, ICH...
ICH HOFFE, DASS DIESE BILDER SIE ERREICHEN.
ZURÜCK HABE ICH GESAGT!
VERZEIHEN SIE MEINE AUSDRUCKSWEISE, ABER DAS HIER IST EIN HEXENKESSEL.
RAPHAELLE! DAS NÜTZT DOCH NICHTS! NIEMAND KOMMT DA DURCH.
ICH MUSS MIT DEM PRÄFEKTEN SPRECHEN!
ABER WARUM?!
MEIN BRUDER HAT IHN GESTERN ABEND WEGEN EINES JOBS GETROFFEN UND HAT SICH SEITDEM NICHT MEHR GEMELDET. SEIN TELEFON IST AUSGESCHALTET, DAS BEUNRUHIGT MICH.
DER MOMENT IST SCHLECHT GEWÄHLT.
WOW!
3/44.

BÜRGER!
BEAUREGARD, DU BIST DER BESTE!
WAS FÜR EIN SCHEIß! SEINETWEGEN IST DIESE STADT UNERTRÄGLICH GEWORDEN!
GEGEN 20 UHR GESTERN ABEND HAT EINE SELBSTGEBASTELTE BOMBE IM 4. DISTRIKT EINEN DER PROJEKTOREN DES HOLOGRAPHISCHEN DIENSTES AUF DEM MONTMARTRE BESCHÄDIGT.
DAS HOLOGRAMM IST STABIL GEBLIEBEN, ABER MEHRERE ROHRLEITUNGEN SIND GEPLATZT. EINE ENORME MENGE FLUORESZIERENDES GAS IST ENTWICHEN.
GAS?
OH NEIN...
ICH HABE DIE INGENIEURE VON AIRMETRO GEBETEN, IN DER HÖHE PROBEN ZU NEHMEN. SIE WERDEN IN WENIGEN MINUTEN STARTEN. EINER MEINER MÄNNER WIRD SIE BEGLEITEN, UM IHRE SICHERHEIT ZU GEWÄHRLEISTEN.
HUGO!
DEN TYPEN, DER SICH DORT DRÜBEN GERADE AUSRÜSTET! ER HAT MEINEN BRUDER ZUR PRÄFEKTUR BEGLEITET. ER NENNT SICH DER FUSEUR.
DER WAS?
KOMM!

WENN AIRMÉTRO EIN GESUNDHEITSRISIKO ENTDECKT, WERDEN MAßNAHMEN ERGRIFFEN...
UND DER BOMBENLEGER? WEIß MAN, WER ER WAR?
JEMAND, DER KEINE MASKEN MAG?
OH!
BÜRGERMEISTERIN CAPRICE.
UND KOMMISSAR REINES.
GUTEN TAG, MICHÈLE.
IHR SELTSAMER CHARME FUNKTIONIERT BEI MIR NICHT, MEIN HERR.
EIN WORT UNTER VIER AUGEN, BITTE.
SIE HABEN RICHTIG GESEHEN, MAÏA. DIE BÜRGERMEISTERIN MICHÈLE CAPRICE HAT SICH MIT DEM PRÄFEKTEN BEAUREGARD ENTFERNT, UM ÜBER DAS GESUNDHEITSPROBLEM ZU SPRECHEN...
DOCH ES IST SCHWER ZU VERGESSEN, DASS MME CAPRICE AUCH VORSITZENDE DER UNTERSUCHUNGSKOMMISSION IST, DIE ANFANG JANUAR IHREN BERICHT ÜBER DIE HANDLUNGEN DES PRÄFEKTEN AN DER SPITZE DER METROPOLE ABGEBEN WIRD.
EIN BERICHT, DER SEHR HART AUSFALLEN WIRD.
DES EUROPÄISCHEN PARLAMENTS DER BRITISCHE PREMIERMINISTER (AFP)
WAS DEN FESSELBALLON VON AIRMÉTRO ANBELANGT, ER MÜSSTE JEDEN MOMENT STARTEN...
ICH MELDE MICH WIEDER, SOBALD ES ETWAS NEUES GIBT.
DANKE, ZOÉ.
ÉLYSÉE DER PRÄSIDENT BESTÄTIGT, DASS DIE SCHAFFUNG DES POSTENS EINES SONDERPRÄFEKTEN FÜR DIE METROPOLE „UNBEDINGT NOTWENDIG SEI" (KOMMUNIQUÉ)
05/44-

OHNE ÜBERLEITUNG, DIE LÄUFERIN AUS CRETEIL, MONA BAKE...
HGG.
ICH FÜHLE MICH EINFACH SCHLECHT.
DAS WIRD VORÜBERGEHEN, BRAFFORT.
SIE WAREN SIEBZEHN STUNDEN BEWUSSTLOS. TRINKEN SIE! ICH WERDE IHNEN ETWAS ZU ESSEN HOLEN.
ICH HABE IN DEINER MILITÄRAKTE GESEHEN, DASS BEI DIR EIN PTSD* DIAGNOSTIZIERT WURDE.
NIMMST DU MEDIKAMENTE?
JA. ABER ES GIBT JEDE MENGE NEBENWIRKUNGEN...
*POSTTRAUMATISCHES STRESS-SYNDROM
KRÄMPFE, ZITTERN.
VERDAMMT, WAS IST GESTERN ABEND MIT MIR PASSIERT?
ETWAS AUßERGEWÖHNLICHES.
6/44.

— Ich bin kein Archäologe, aber...

— Ich weiß. Diese Höhle ist selbst eine Anomalie.

— Die geformten Steine dort unten stammen aus dem Neolithikum. Seit der Urgeschichte bis zum Zweiten Weltkrieg haben Menschen diesen Ort besucht. Das Phantom und der Mann mit dem Anzug waren die letzten.

— Also, diese Bombengeschichte im Fernsehen...

— Wir brauchten eine Ablenkung für die Medien. Der Chef sagte sich, dass ein terroristischer Akt plausibel erscheint für die gestrige Manifestation.

— Was dir passiert ist, ist anderer Natur.

— Ich erinnere mich vage an eine Lichtgestalt...

— Sehen Sie!

— Das ist das Niveau der Kräfte, die wir zu normalen Zeiten in der Höhle messen. Es entspricht dem durchschnittlichen Auftauchen der Anomalien mit einigen Sonderfällen, wie dem Mirage-Surfer.

7/44

DAS IST DER ZEITPUNKT IHRES EINGREIFENS IN DER PRÄFEKTUR GESTERN MORGEN.
DA LIEGEN WIR SCHON SEHR WEIT ÜBER DER NORM.
UND DAS HIER IST DER ZEITPUNKT VON GESTERN ABEND, ALS SIE IN DIE HÖHLE HINABGESTIEGEN SIND.
INNERHALB EINER MINUTE HABEN SIE ALLE VERFÜGBARE ENERGIE GEBÜNDELT.
SIE HABEN DEN OPTIMALEN PUNKT ERREICHT.
DEN WAS?
BRAFFORT, ICH WEIß, DASS DU UNTER MEDIKAMENTEN STEHST, ABER WIR WERDEN DICH EIN WENIG AUFRÜTTELN MÜSSEN!
HÖRT MAL, IMMER MIT DER RUHE.
KONZENTRIEREN SIE SICH, FRANK. WAS SIND IHRE LETZTEN ERINNERUNGEN?
ICH BIN AM SPÄTEN NACHMITTAG AUS SAINT-DENIS GEKOMMEN... ICH GLAUBTE, DER PRÄFEKT UND DER OBERST WOLLTEN ÜBER EINE ARBEIT SPRECHEN.
DAS WAR EIN VORWAND, UM IHREN EINFLUSS AUF DIE MESSUNGEN ZU ÜBERPRÜFEN.
DANACH IST ALLES VERSCHWOMMEN. ES GAB EINE LICHT-EXPLOSION UND DANN DIESE FORM. ES IST SELTSAM, ICH...
ICH HABE DAS GEFÜHL, DASS SIE SEIT JEHER DA IST.

8/44-

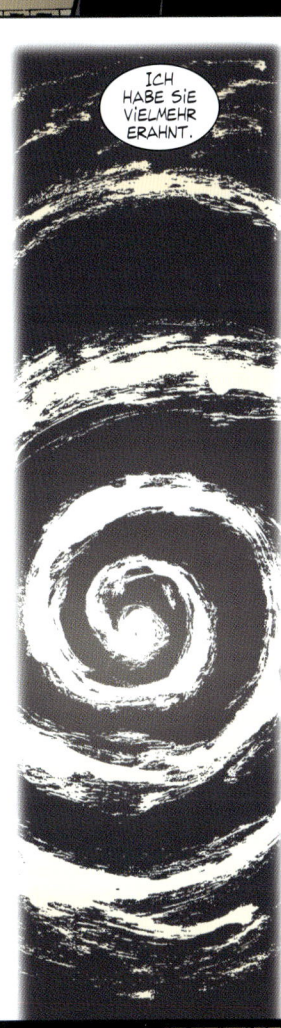

— SIE WAR SCHON AUF DER ROUTE 41 IM KAUKASUS DA.

— WELCHE FORM?

— PSST...

— VERSTECKT UNTER DER OBERFLÄCHE DER DINGE.

— ABER ICH HABE SIE GESEHEN.

— ICH HABE SIE VIELMEHR ERAHNT.

— ALS OB...

— HGG...

— ICH EINE VERLORENE ERINNERUNG...

— ...WIEDER-GEFUNDEN HÄTTE.

FUSEUR!

HE, FUSEUR!
HIER DRÜBEN!

SIEH AN. RAPHAELLE B. WAS MACHST DU HIER, MEINE HÜBSCHE?

ICH SUCHE FRANK. SEIT GESTERN MITTAG HAT ER KEIN LEBENSZEICHEN VON SICH GEGEBEN UND DAS BEGINNT MICH ZU BEUNRUHIGEN.

EIN KLEINER HOMO. WIE COOL.

UND WER IST DAS DA?

MEIN FREUND, HUGO DELAMBRE.

DAMIT BLEIBT DEN ECHTEN KERLEN EINE CHANCE.

SAG MAL, DU DRECKIGER...

WILLST DU SPIELEN?

SONST GEHT ES EUCH ABER GUT?

DEIN BRUDERHERZ HAT DIE PRÄFEKTUR GESTERN AM SPÄTEN VORMITTAG VERLASSEN.

ER HAT BEAUREGARD GETROFFEN. DANACH HAT IHN EIN CHAUFFEUR NACH SAINT-DENIS GEBRACHT. DAS IST ALLES, WAS ICH WEISS.

NACH SAINT-DENIS?

GUT. ICH MUSS GEHEN.

EIN KUSS ZUM DANK?

NEIN!

DANN ZUM ANSPORN?

ICH WERDE DORT OBEN MEIN LEBEN RISKIEREN.

AUCH NICHT.

PFF. DU BIST WIE DEIN BRUDER. TOTAL VERKLEMMT.

WIR WERDEN UNS WIEDERSEHEN.

WOHER KOMMT DIESER VERRÜCKTE?

MACH DESWEGEN KEIN THEATER, HUGO. DAS IST NUR EIN EHEMALIGER, ETWAS BEKLOPPTER SOLDAT...

ZU EINER ANDEREN ZEIT HÄTTE ICH IHN KÜSSEN KÖNNEN.

AIRMÉTRO

DA SIND SIE GESTARTET.
JA.
OB SIE DIE GERINGSTE SPUR VON GAS FINDEN WERDEN, DAS IST EINE ANDERE SACHE.
ACH JA?
ICH GLAUBE IHRER GESCHICHTE VON DEM ATTENTAT EBENSO WENIG WIE KOMMISSAR REINES.
ACH NEIN?
WIR HABEN NUR IHRE DARSTELLUNG DER EREIGNISSE. WENN SIE AUF DIE EINE ODER ANDERE WEISE DARIN VERWICKELT SIND...
WOHER STAMMT DIESE VERBLÜFFENDE IDEE?
VON IHREN VERBRANNTEN HÄNDEN.
SIE TRAGEN VERBÄNDE UND HABEN CREMESPUREN AUF IHREM RECHTEN HANDSCHUH.
SIE SOLLTEN FÜR MICH ARBEITEN, REINES.
ICH BIN POLIZIST UND KEIN AUFPASSER.
HE!
DORT OBEN PASSIERT ETWAS.
12/44.

HIMMEL NOCH MAL, BRAFFORT...
DU HAST ES WIEDER GEMACHT!
WIE FÜHLEN SIE SICH?
ICH HABE DAS GEFÜHL WEIT WEG ZU SEIN.
13/44.

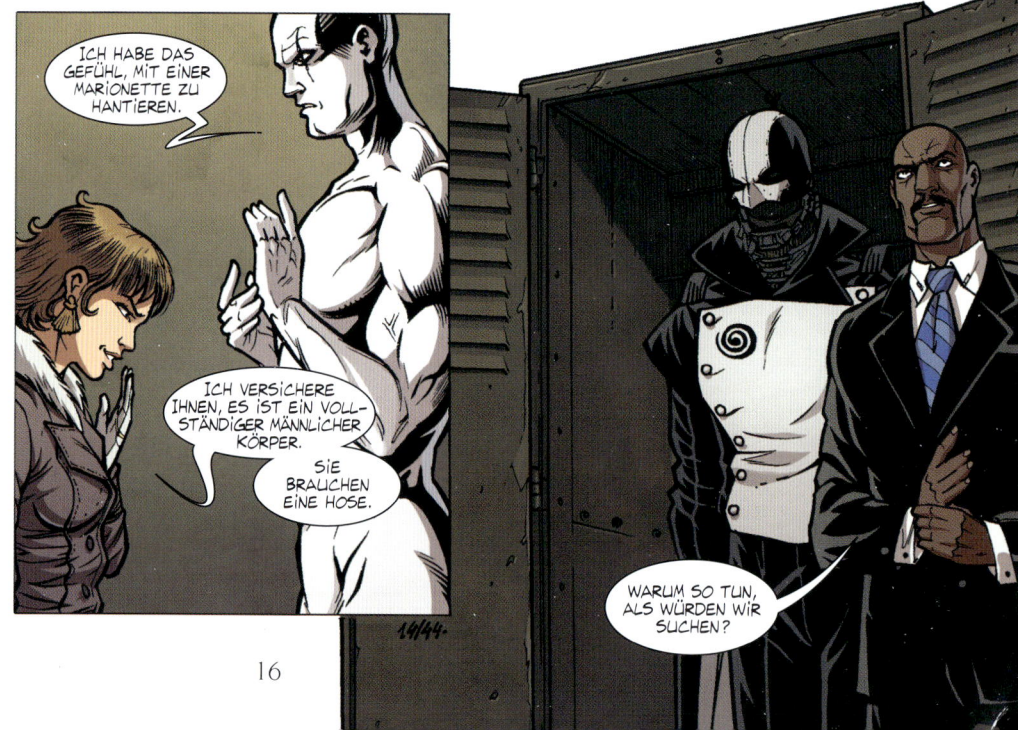

— KÖNNEN SIE DIE AUGEN ÖFFNEN?
— ICH WEISS ES NICHT.

— DIESE FORM, VON DER ICH SPRACH... ICH VISUALISIERE SIE UND SIE WIRKT AUF MICH EIN. WENN ICH SIE AUS DEN AUGEN VERLIERE...
— HMM...

— SIE BENUTZEN EIN PSYCHOAKTIVES SYMBOL, UM SICH AN IHREN ZUSTAND VON GESTERN ABEND ZU ERINNERN. DAS IST BEMERKENSWERT. VERSUCHEN SIE, MICH ANZUSEHEN.

— ALLES IST GUT. SIE SIND STABIL.

— IST MIR DAS IN DER HÖHLE PASSIERT?
— ZEHN SEKUNDEN LANG. DER EINZIGE UNTERSCHIED IST, DASS IHRE AUGEN WEISS WAREN.

— ICH HABE DAS GEFÜHL, MIT EINER MARIONETTE ZU HANTIEREN.
— ICH VERSICHERE IHNEN, ES IST EIN VOLLSTÄNDIGER MÄNNLICHER KÖRPER. SIE BRAUCHEN EINE HOSE.

— WARUM SO TUN, ALS WÜRDEN WIR SUCHEN?

ASSAN, DIESER ANZUG IST VIEL ZU KLEIN.

WARTEN SIE.

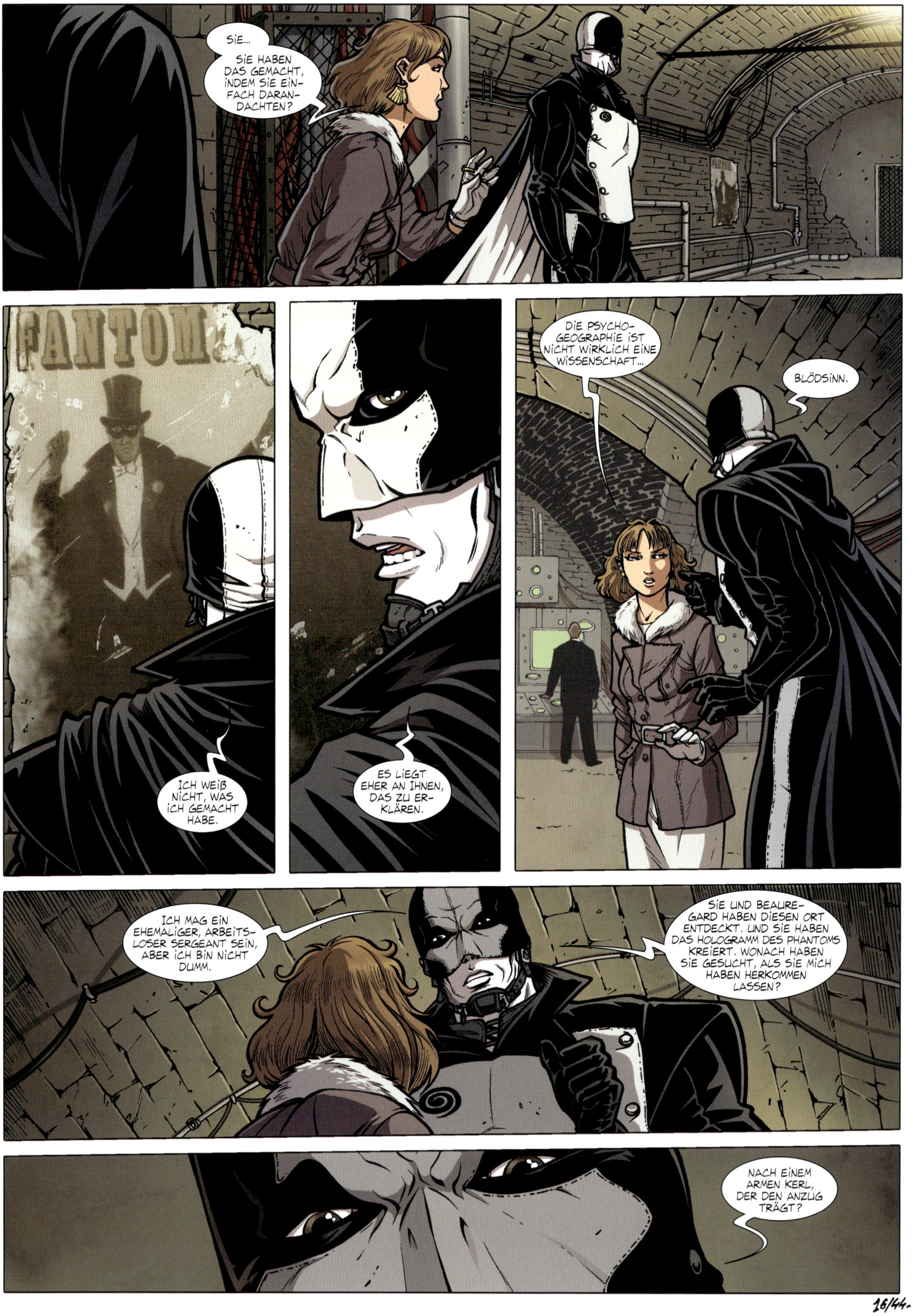
SIE... SIE HABEN DAS GEMACHT, INDEM SIE EINFACH DARANDACHTEN?
FANTOM
ICH WEIß NICHT, WAS ICH GEMACHT HABE.
ES LIEGT EHER AN IHNEN, DAS ZU ERKLÄREN.
DIE PSYCHOGEOGRAPHIE IST NICHT WIRKLICH EINE WISSENSCHAFT...
BLÖDSINN.
ICH MAG EIN EHEMALIGER, ARBEITSLOSER SERGEANT SEIN, ABER ICH BIN NICHT DUMM.
SIE UND BEAUREGARD HABEN DIESEN ORT ENTDECKT. UND SIE HABEN DAS HOLOGRAMM DES PHANTOMS KREIERT. WONACH HABEN SIE GESUCHT, ALS SIE MICH HABEN HERKOMMEN LASSEN?
NACH EINEM ARMEN KERL, DER DEN ANZUG TRÄGT?

16/44.

UND SELBST WENN?
SIE SIND DOCH VERRÜCKT!
NIEMAND HAT SIE GEZWUNGEN, FRANK. SIE HÄTTEN DIE FALLTÜR VERLASSEN KÖNNEN.
UND NICHT ICH HABE SIE AUSGEWÄHLT. ES WAR...
HÖRT MAL, IHR BEIDEN.
WENN IHR FERTIG DAMIT SEID, EUCH ZU STREITEN, KÖNNTEN WIR VIELLEICHT NEUIGKEITEN ERFAHREN.
IN MEUDON GESCHIEHT ETWAS.
... IN EINEM KRITISCHEN ZUSTAND IN RICHTUNG DES KRANKENHAUSES PERCY.
DANKE, ZOÉ.
FÜR DIEJENIGEN, DIE WIEDER ZUSCHALTEN, WIEDERHOLE ICH DIE LETZTE MELDUNG: EINER DER BEIDEN INGENIEURE VON AIRMETRO IST VOM FESSELBALLON, DER HEUTE NACHMITTAG GESTARTET WURDE, GESTÜRZT
DANK DER KAMERAS DES KANAL ÉCLAIR, KÖNNEN WIR DIESE BILDER FREI ZUGÄNGLICH ÜBERTRAGEN. SIE WURDEN VOR FÜNF MINUTEN AUFGEZEICHNET, WÄHREND SICH DER BALLON IN 300 METERN HÖHE BEFAND.

17/44.

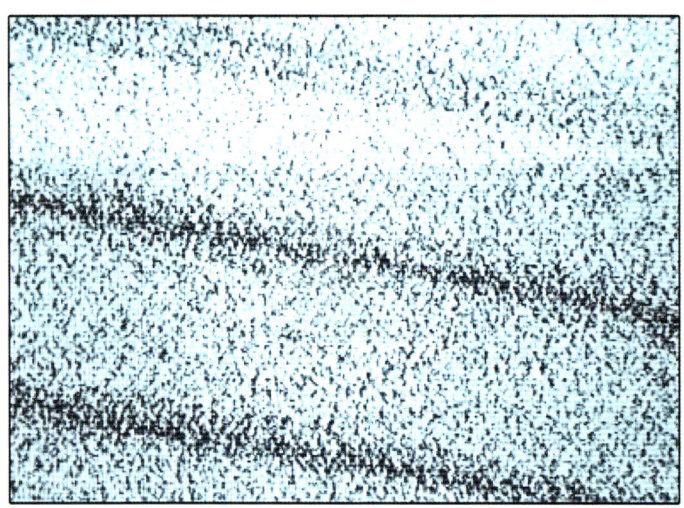

HIER SEHEN WIR DIE BEIDEN WISSENSCHAFTLER BEI DER BEDIENUNG IHRER INSTRUMENTE.

DIE TEMPERATUR STEIGT WEITER. FINDEST DU DAS NICHT SELTSAM?

AUF DER ANDEREN SEITE DES BALLONKORBS HÄLT SICH DER SICHERHEITSOFFIZIER DER MISSION AUF.

DIESE VERDAMMTEN TUSSIS...

AUS UNBEKANNTEN GRÜNDEN WIRD DIESER OFFIZIER SEINE BEHERRSCHUNG VERLIEREN UND SEINEN HELM ÖFFNEN.

OBERST!

ICH HAB'S GESEHEN. DAS IST DUROC.

DIE INVERSIONSSCHICHT IST SEIT ZWEI TAGEN STABIL. WIR MÜSSTEN MOLEKÜLKONZENTRATIONEN FINDEN, ABER ES GIBT NUR DIE ÜBLICHEN SCHADSTOFFE.

ACH, HALT DIE KLAPPE!

KÖNNEN SIE NICHT ARBEITEN, OHNE LÄRM ZU MACHEN?

WENN HIER GAS IST, WERDEN WIR ES GLEICH WISSEN!

HE!

NEIN! DAS IST GEFÄHRLICH!

DER STURZ DES INGENIEURS VON AIRMÉTRO EREIGNETE SICH EINE MINUTE NACH DIESEM UNERKLÄRLICHEN AUSFALL DES KANALS. DIE BODENMANNSCHAFT HAT BEGONNEN, DEN BALLON HERAB ZU ZIEHEN, DER BALD DEN BODEN ERREICHEN MÜSSTE.

KÖNNEN SIE DAS BESTÄTIGEN, ZOE?

18/44

"DER BALLON LANDET GERADE, MAÏA. ALLE WARTEN JETZT DARAUF ZU ERFAHREN, WAS MIT DEN BEIDEN ANDEREN PASSAGIEREN GESCHEHEN IST."

"BEAUREGARD! IHR MANN..."

"SIE BEIDE, GEHEN SIE NACHSEHEN!"

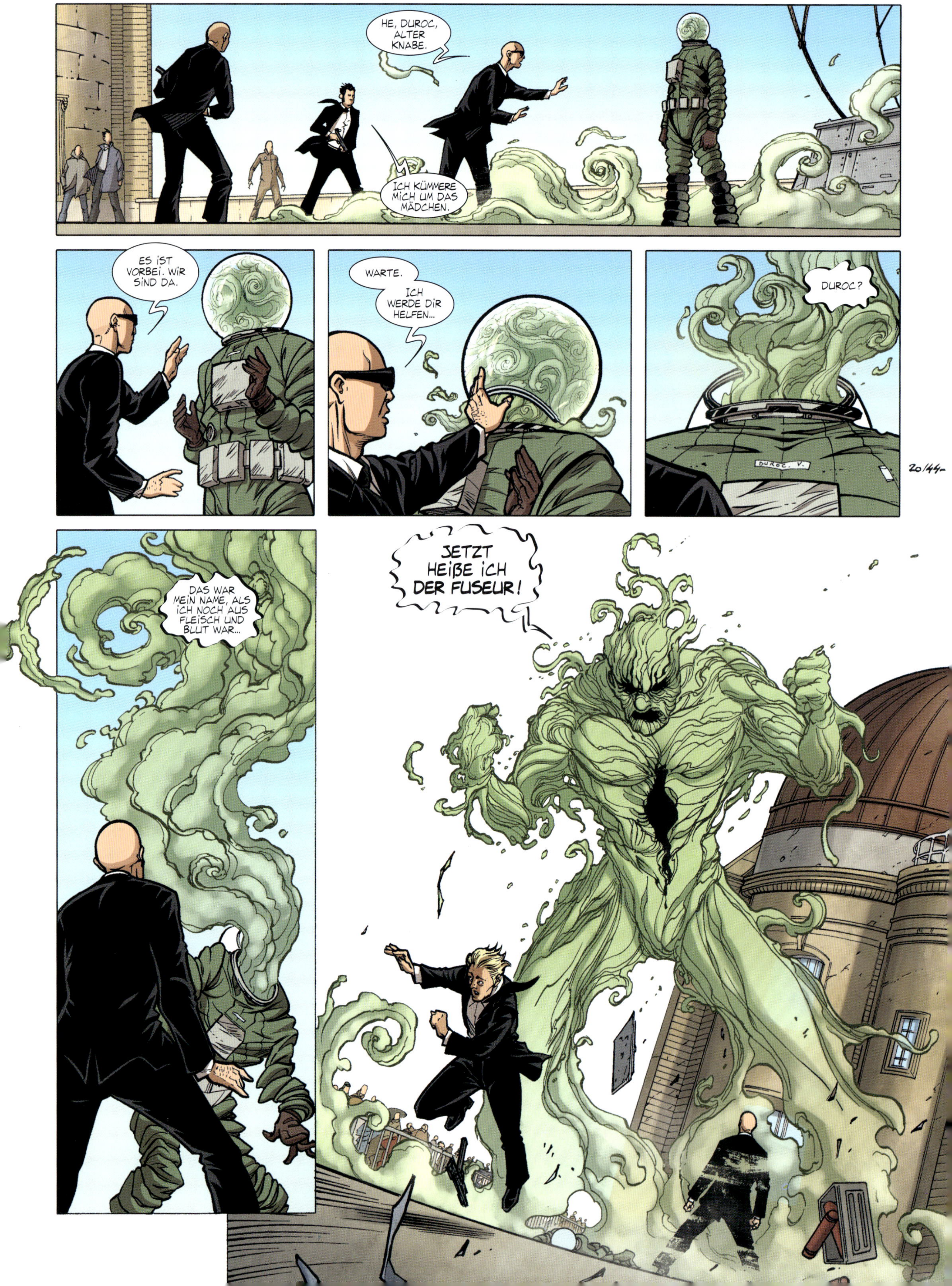
HE, DUROC, ALTER KNABE.
ICH KÜMMERE MICH UM DAS MÄDCHEN.
ES IST VORBEI. WIR SIND DA.
WARTE.
ICH WERDE DIR HELFEN...
DUROC?
DUROC. V.
DAS WAR MEIN NAME, ALS ICH NOCH AUS FLEISCH UND BLUT WAR...
JETZT HEIßE ICH DER FUSEUR!

OH.
NEIN.
RUHE!
KEINE PANIK!
DAS IST ETWAS, DAS ICH MIT DEN MÄDCHEN MACHE!
WAS IST DAS FÜR EIN SCHEUẞLICHES DING, REINES?
ICH HABE KEINE AHNUNG.
MAL SEHEN, WAS PASSIERT, WENN ICH...
RRRAATATATATA

GEWALTTÄTIGE MÄNNER AN WEIHNACHTEN...
IHR SEID ZUM KOTZEN.
HUST...
KRIEGE KEINE LUFT MEHR.
DIE BÜRGERMEISTERIN MUSS SOFORT EVAKUIERT WERDEN!
IRGENDJEMAND HIER HAT MICH WÜTEND GEMACHT. ABER WER?
IN MEINEM KOPF IST ALLES VERSCHWOMMEN.
GANZ EHRLICH, BEAUREGARD.
DIESES GAS VON GESTERN ABEND. WAS WAR DAS?
WENN ICH DAS WÜSSTE, HÄTTE ICH AIRMETRO NICHT GERUFEN.
ETWAS, DAS IN DER LAGE IST EINEN MANN IN EINE LEBENDE WOLKE ZU VERWANDELN, IST EHER SACHE DER BPA.
DU!
22/44.

ICH ERKENNE DICH! DU WARST NICHT NETT ZU MIR!
HUGO!
HUST!
HILFE!
WIR MACHEN EINEN AUSFLUG.
FUSEUR! NEIN!
ABER JA! DU WIRST SEHEN...
ICH KENNE DA EIN FLECKCHEN IM 10. DISTRIKT.
MITTEN IM WALD. DORT WERDEN WIR UNGESTÖRT SEIN.
23/44.

SIE FLIEGEN DIE SEINESCHLEIFE RICHTUNG NORDEN ENTLANG.
WIR KÖNNEN SIE OBERHALB VON GENNEVILLIERS ABFANGEN...
UNTER DER VORAUSSETZUNG, DASS DER PRÄFEKT UNS EINIGE SEINER LUFTFAHRZEUGE LEIHT.
IHR ANDEREN KOMMT HIER ENTLANG!
POLICE
WARTEN SIE AUF MICH! ICH KOMME MIT.
NICHT IM TRAUM, MEIN JUNGE!
DER FUSEUR HAT MEINE FREUNDIN ENTFÜHRT!
EINE PARISER ROMANZE?
KAUFE ICH.
KOMMISSAR, ICH HABE GERADE MIT DEM RATHAUS GESPROCHEN. DIE BÜRGERMEISTERIN IST WOHLBEHALTEN ANGEKOMMEN.
VERSTÄRKEN SIE IHRE SICHERHEIT. ICH WERDE SPÄTER ZU IHR TREFFEN.
GUTE NACHRICHTEN.
VERSUCHEN SIE NICHT, MICH UMZUSTIMMEN, BEAUREGARD. DAS ALLES IST IHR WERK.
MAÏA, ICH... HUST. ICH BIN WIEDER AUF SENDUNG...
24/44-

... NACH DIESER UNGLAUBLICHEN SZENE. DIE GASWOLKEN BEGINNEN GERADE ERST, SICH AUFZULÖSEN. ALSO DENKE ICH, DASS SIE NICHT VIEL GESEHEN HABEN.
NEIN, ZOÉ. WIR HABEN LIVE DIE VERWANDLUNG VON OFFIZIER DUROC VERFOLGT...
... ABER DER REST IST VERWORREN. KONNTEN SIE DIE ENTFÜHRTE FRAU SEHEN?
ICH WAR ZU WEIT ENTFERNT, ABER DIE KAMERAS VON KANAL ÉCLAIR FOLGEN DUROC UND SEINEM OPFER OBERHALB DER SEINE.
PARIS DER EHEMALIGE PARISER BÜRGERMEISTER, B. DELANOE, VERSICHERT M.CAPRICE SEINE „SYMPATHIE" (AFP)
OH JA! WIR EMPFANGEN DIE BILDER GERADE EBEN.
LASS MICH LOS, VICTOR!
BÖRSE CAC40 -2,35%, DIE INVESTOREN SIND BEUNRUHIGT.
ES GIBT KEINEN VICTOR MEHR. NUR NOCH DEN FUSEUR.
RAPHAELLE?
WAS SAGEN...
... SIE DA, FRANK?
25/44

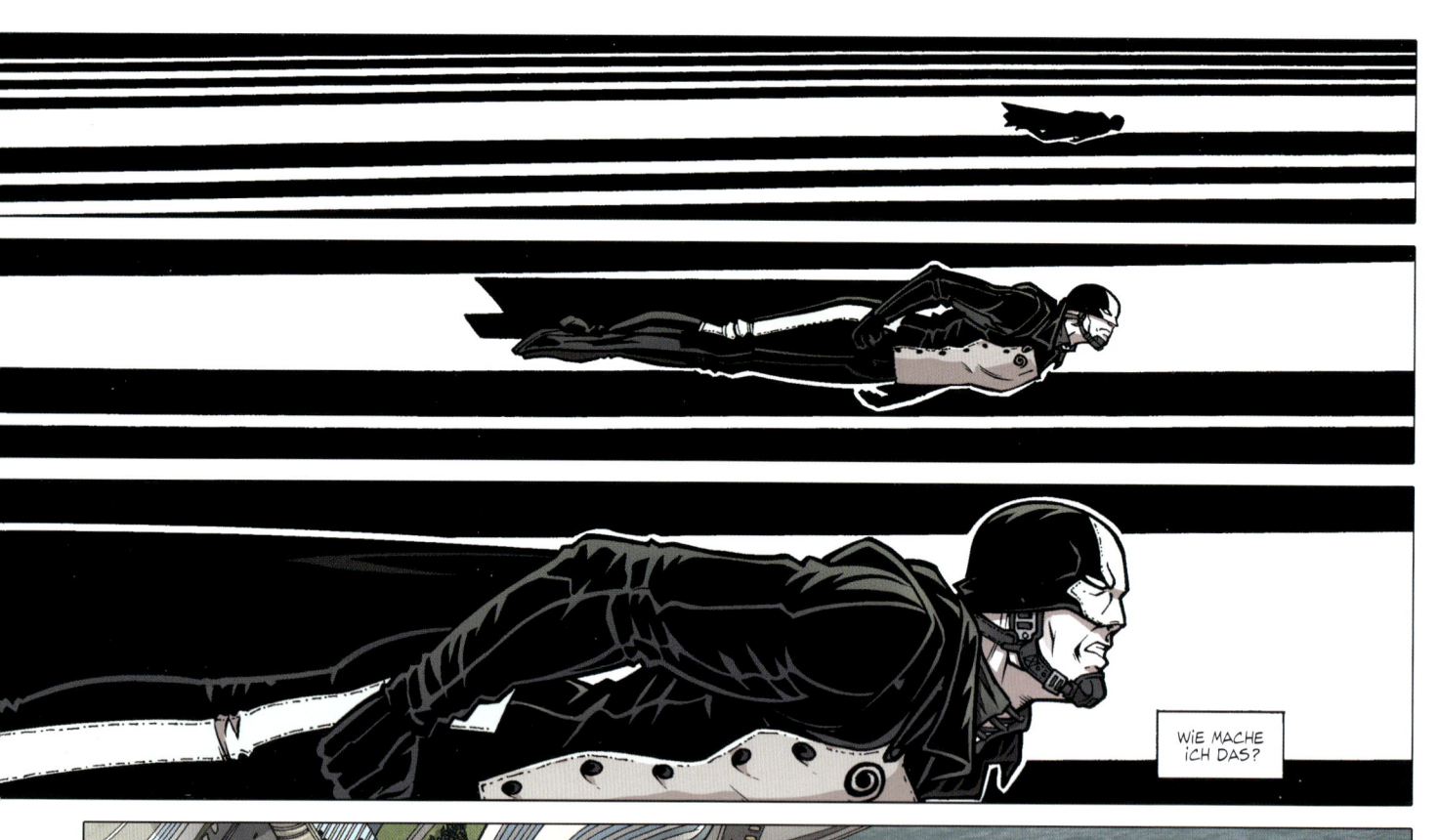

WIE MACHE ICH DAS?

UND HÖR AUF DICH ZU WEHREN! DU BRINGST MICH AUS DEM GLEICHGEWICHT!

DU KRANKES SCHWEIN!

WAS?

AAAAH!

GANZ RUHIG.

NEUER YACHTHAFEN VON GENNEVILLIERS.

6. DISTRIKT. 15:50 UHR.

ICH REGLE DAS UND DANN BIN ICH DEIN.

VICTOR...

KENNEN WIR UNS?

IN MEINE ARME.

ALLES GESCHIEHT OHNE MICH.

ALS WÜRDE ICH MIR AUS DER ENTFERNUNG BEIM KÄMPFEN ZUSEHEN.

ZU HILFE!

ICH DENKE UND DIE MARIONETTE GEHORCHT.

DAS IST TOLL.

HALTEN SIE DURCH! WIR KOMMEN.

ICH FRIERE SCHRECKLICH.

29/44

SCHLECHTER LUFT?

ICH... BEKOMME GAR KEINE LUFT MEHR.

GUT.

WO IST MEINE PASSAGIERIN?

WIE FURCHTBAR!

HAT SIE NIEMAND GESEHEN? ICH MUSS IHR NOCH EIN PAAR DINGE SAGEN.

ICH WILL LIEBE!
ER RAST IN RICHTUNG DER ANLEGE-PLÄTZE!
NICHTS GEBROCHEN?
ALLES OK.
UND DER MANN, DER INS WASSER FIEL?
NICHT GESEHEN.
DER FUSEUR KÖNNTE UNTER DEN HAFENARBEI-TERN UND ANSÄSSIGEN EIN MASSAKER ANRICHTEN. BRINGEN SIE SICH IN SICHERHEIT.
OK.
STEHEN SIE WIEDER AUF, MONSIEUR BRAFFORT...
31/44.

WIR HABEN ES EILIG UND SIE AUCH.

SIE WISSEN, WER ICH BIN?!

IN PARIS WEISS MAN VIELE DINGE.

WIR WISSEN SEIT MONATEN, DASS SICH ETWAS ANBAHNT...

EINE GROSSE SACHE, IN DIE EIN VETERAN AUS DEM KAUKASUS VERWICKELT IST.

DIESE RINGE?

WIR SIND DIE FÄHRMÄNNER.

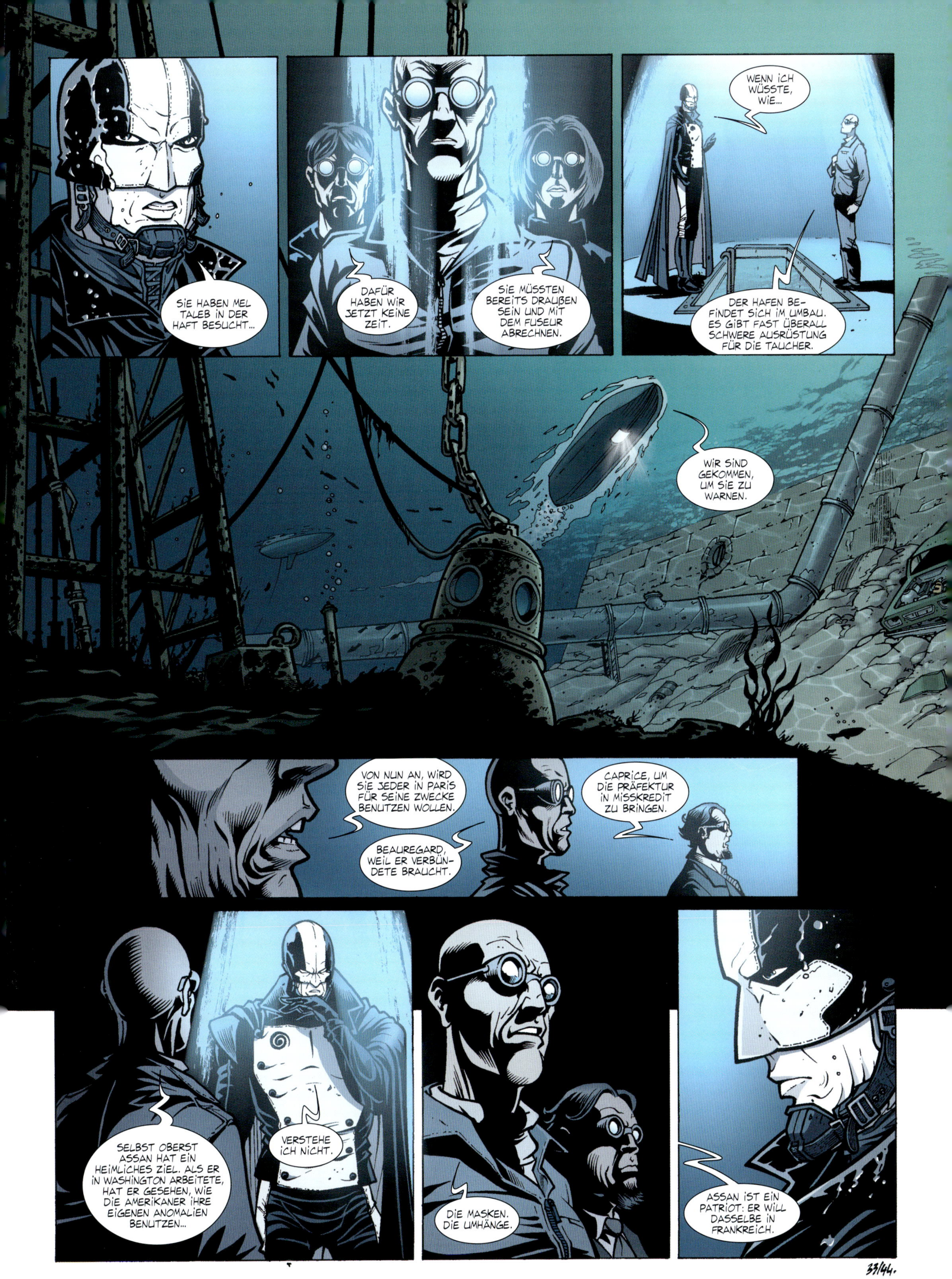
SIE HABEN MEL TALEB IN DER HAFT BESUCHT...
DAFÜR HABEN WIR JETZT KEINE ZEIT.
SIE MÜSSTEN BEREITS DRAUßEN SEIN UND MIT DEM FUSEUR ABRECHNEN.
WENN ICH WÜSSTE, WIE...
DER HAFEN BEFINDET SICH IM UMBAU. ES GIBT FAST ÜBERALL SCHWERE AUSRÜSTUNG FÜR DIE TAUCHER.
WIR SIND GEKOMMEN, UM SIE ZU WARNEN.
VON NUN AN, WIRD SIE JEDER IN PARIS FÜR SEINE ZWECKE BENUTZEN WOLLEN.
BEAUREGARD, WEIL ER VERBÜNDETE BRAUCHT.
CAPRICE, UM DIE PRÄFEKTUR IN MISSKREDIT ZU BRINGEN.
SELBST OBERST ASSAN HAT EIN HEIMLICHES ZIEL. ALS ER IN WASHINGTON ARBEITETE, HAT ER GESEHEN, WIE DIE AMERIKANER IHRE EIGENEN ANOMALIEN BENUTZEN...
VERSTEHE ICH NICHT.
DIE MASKEN. DIE UMHÄNGE.
ASSAN IST EIN PATRIOT: ER WILL DASSELBE IN FRANKREICH.
33/44.

ABER CLÉO VILLANOVA IST AM GEFÄHRLICHSTEN.

SIE VERHÄLT SICH, ALS HABE SIE EINE NEUE ENERGIEQUELLE ENTDECKT.

VILLANOVA WEISS ALLES, WAS ES ÜBER DAS THEMA ZU WISSEN GIBT, ABER SIE HAT ENTSCHIEDEN, ES ZU IGNORIEREN.

NA UND?

HABEN SIE JE BEHAUENE STEINE UND HÖHLENTEMPEL DAS GERINGSTE WATT AUSSTRAHLEN SEHEN? VILLANOVA SPIELT MIT KRÄFTEN, DIE SIE WEIT ÜBERTREFFEN.

WENN SIE SIE DAS NÄCHSTE MAL SEHEN, FRAGEN SIE SIE NACH DEM PLASMA.

ICH KANN NICHTS DAFÜR!

DIE SACHE UNTER DEM MONTMARTRE HAT SEIT EINEM DREIVIERTEL JAHRHUNDERT GERUHT, ABER SIE HABEN SIE GEWECKT UND JETZT HAT SIE SICH IN PARIS AUSGEBREITET. SIE HAT DEN FUSEUR ERSCHAFFEN.

VERGESSEN SIE ES NICHT!

DAS PLASMA.

MÖGLICHERWEISE BEFINDE ICH MICH IMMER NOCH IN DER PSYCHIATRIE.

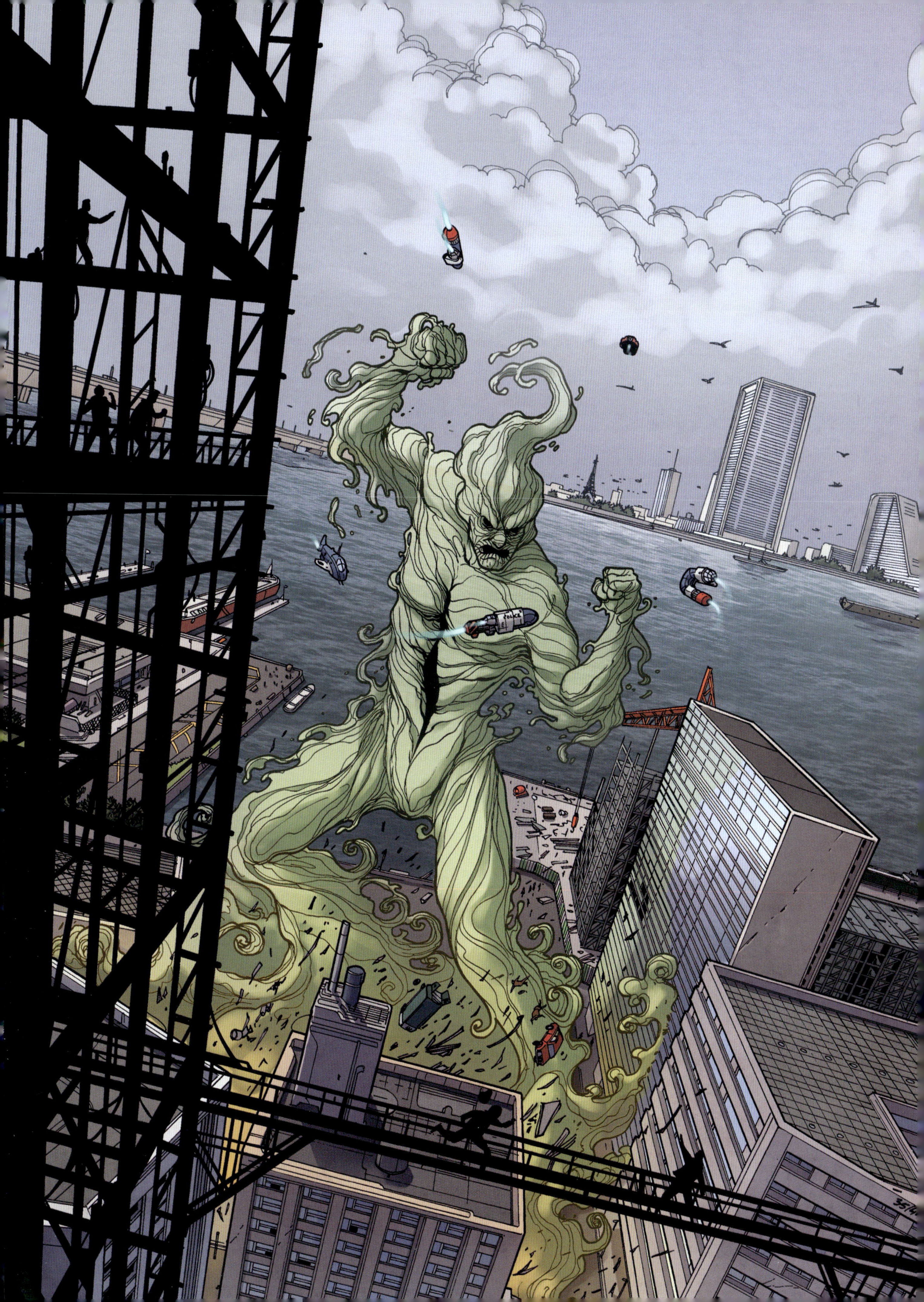

- DIE WAFFEN SIND NUTZLOS. ICH WERDE DEN HAFEN EVAKUIEREN LASSEN.
- DA SPRECHEN WIR HEUTE ABEND DRÜBER.
- DORT UNTEN!
- UND WAS MACHT ER? ES SIEHT AUS, ALS SCHLEPPT ER EINE...
- WER IST DIESER TYP?
- WO IST MEIN MEGAPHON?
- DUROC! VICTOR DUROC! HIER SPRICHT PRÄFEKT BEAUREGARD.

WIE VIELE DISTRIKTE MUSS ICH NOCH VERGASEN, DAMIT MAN MICH KORREKT ANSPRICHT?
DUROC... FUSEUR... GANZ EGAL.
DU HAST FÜR MICH GEARBEITET. DU WEIẞT, DASS ICH UNEINGESCHRÄNKTE VOLLMACHT IN PARIS BESITZE.
DU KANNST DAS MÄDCHEN HABEN, WENN DU DICH VERNÜNFTIG ZEIGST.
HEY!
UNSINN!
GANZ RUHIG. DIESES MAL WEIẞ ER, WAS ER TUT.
MACH KEINEN BLÖDSINN, VICTOR
BEAUREGARD KANN NICHT ÜBER MICH VERFÜGEN.
UND ICH... ICH HASSE DICH OHNEHIN.
SELBST GASFÖRMIG BIST DU EINE LAST.
OK, PRÄFEKT.
PORT DE GENNEVILLIERS
SO, SIE MÜSSEN NUR NOCH...

HE!
NEIN!

SCHWEIßER!

EINE TAUCHERGLOCKE? DAS IST UNFAIR!

DU HAST ES SO GEWOLLT!

AN IHRER STELLE WÜRDE ICH EINEN ANDEREN TON WÄHLEN.

NEHMEN SIE IHRE MASKE AB UND KOMMEN SIE DA HERUNTER.

ICH VERHAFTE SIE WEGEN...

DIESER TYP IST GENAUSO MONSTRÖS WIE ICH UND SIE TUN NICHTS?

SCHEIBEN-KLEISTER.

ABER, ABER, REINES... NIEMAND SAGT MEHR "SCHEIBEN-KLEISTER".

SO KANN ICH NICHT WEITERMACHEN. ICH MUSS...

DIE MARIONETTE MUSS GEHEN.

MÖGE ALLES SO WERDEN WIE VORHER.

HGG!

PLASMA.

HÖHLE.

CAPE.
MENSCH, CLÉO!

ICH KAM NUR HER, UM ARBEIT ZU FINDEN.

40/44-

PRÄFEKT!
KOMMISSAR!
BITTE EIN PAAR FRAGEN.
ICH WILL EINEN ANWALT!
POLICE
HIER TRENNEN SICH UNSERE WEGE, REINES.
DAS IST SCHADE. ICH HABE GERN MIT IHNEN ZUSAMMENGEARBEITET.
OH, WIR WERDEN UNS WIEDERSEHEN.
IHNEN IST EIN ERFOLG GELUNGEN, INDEM SIE DEN FUSEUR MANIPULIERT HABEN, ABER DIE ANDEREN ANGELEGENHEITEN NEHMEN IHREN LAUF.
WENN ICH SIE WÄRE, WÜRDE ICH NICHT LANGFRISTIG PLANEN.
MIT MIR HAT MAN WENIGSTENS SPAß.
Le Monde
TERREUR
... EINE VERBINDUNG ZWISCHEN DEN VORKOMMNISSEN AM MONTMARTRE, DER VERWANDLUNG VON VICTOR DUROC UND DEM MANN MIT DER MASKE VON GENNEVILLIERS IST NICHT NACHGEWIESEN.
MONA IS BACK
PSG
DIE BÜRGERMEISTERIN DES 4. DISTRIKTS, MICHÈLE CAPRICE, HAT SOFORT REAGIERT:
„ICH ERHEBE KEINE BESCHULDIGUNG. GENAU WIE DIE ÖFFENTLICHKEIT BEOBACHTE ICH DIE KOINZIDENZEN."
„DAS HOLOGRAMM DES PHANTOMS HAT DIE EREIGNISSE DER LETZTEN ZWEI TAGE WAHRSCHEINLICH NICHT PROVOZIERT, ABER ES IST DAS PERFEKTE SYMBOL DAFÜR."
ANRUF!
RAPH
16 NACHRICHTEN
„NACH FÜNF JAHREN EINER POLITIK, DIE SICH BEWUSST NACH DEM AMERIKANISCHEN MODELL RICHTET, HAT PRÄFEKT BEAUREGARD ERREICHT, WAS ER WOLLTE: EINE DEM CHAOS AUSGELIEFERTE STADT."
41/44.

- RAPH?
- HIER SPRICHT ASSAN.
- ICH HABE DEINE JACKE, DEINEN RUCKSACK UND BIN NOCH MIT CLÉO ZUSAMMEN. WIR SIND AUF DEM WEG ZUR PRÄFEKTUR.
- DER CHEF WILL, DASS WIR EIN KOMMUNIQUÉ ÜBER DIE VORFÄLLE IN GENNEVILLIERS VORBEREITEN.
- DU MUSST UNBEDINGT ZU UNS KOMMEN.
- NEGATIV.
- ICH BIN KAPUTT. MIR IST SCHLECHT. ICH HABE ÜBER ZWÖLF STUNDEN MEINE MEDIKAMENTE NICHT GENOMMEN UND ICH RISKIERE EINE GELDBUSSE, WEIL ICH OHNE FAHRKARTE METRO FAHRE. WOLLEN SIE NOCH MEHR GRÜNDE?
- BERUHIGE DICH.
- DU WILLST ALLEINE SEIN UND NACHDENKEN. DAS VERSTEHE ICH. ABER WEISST DU WAS? ICH HABE DICH GESEHEN, IM FERNSEHEN...
- WAS DU GETAN HAST WAR STARK.
- MIR SCHEISSEGAL!
- ÄHM, TUT MIR LEID.
- NICHT SCHLIMM, JUNGER MANN.
- AN WEIHNACHTEN WIRD ALLES VERZIEHEN.

... DIE KOMMISSION WIRD IHREN BERICHT ANFANG JANUAR VERÖFFENTLICHEN, ABER ES IST NICHT MEHR MÖGLICH, BIS DAHIN ZU WARTEN.

DESWEGEN HABE ICH DEN PRÄSIDENTEN DER REPUBLIK GEBETEN, EINZUGREIFEN. DIE POLITISCHE VERANTWORTUNG OBLIEGT VOR ALLEM IHM.

PFF...

FRANK!?

ABER WO WARST DU DENN? ICH HABE DIR LAUTER NACHRICHTEN HINTERLASSEN!

ICH WEISS.

NACH MEINEM TREFFEN IN DER PRÄFEKTUR GESTERN, BIN ICH NACH SAINT-DENIS GEGANGEN, ABER ICH... ICH BIN OHNMÄCHTIG GEWORDEN.

DANN WEISST DU ALSO NICHTS DAVON?

WISSEN WOVON?

VON DEM, WAS IN MEUDON PASSIERT IST!

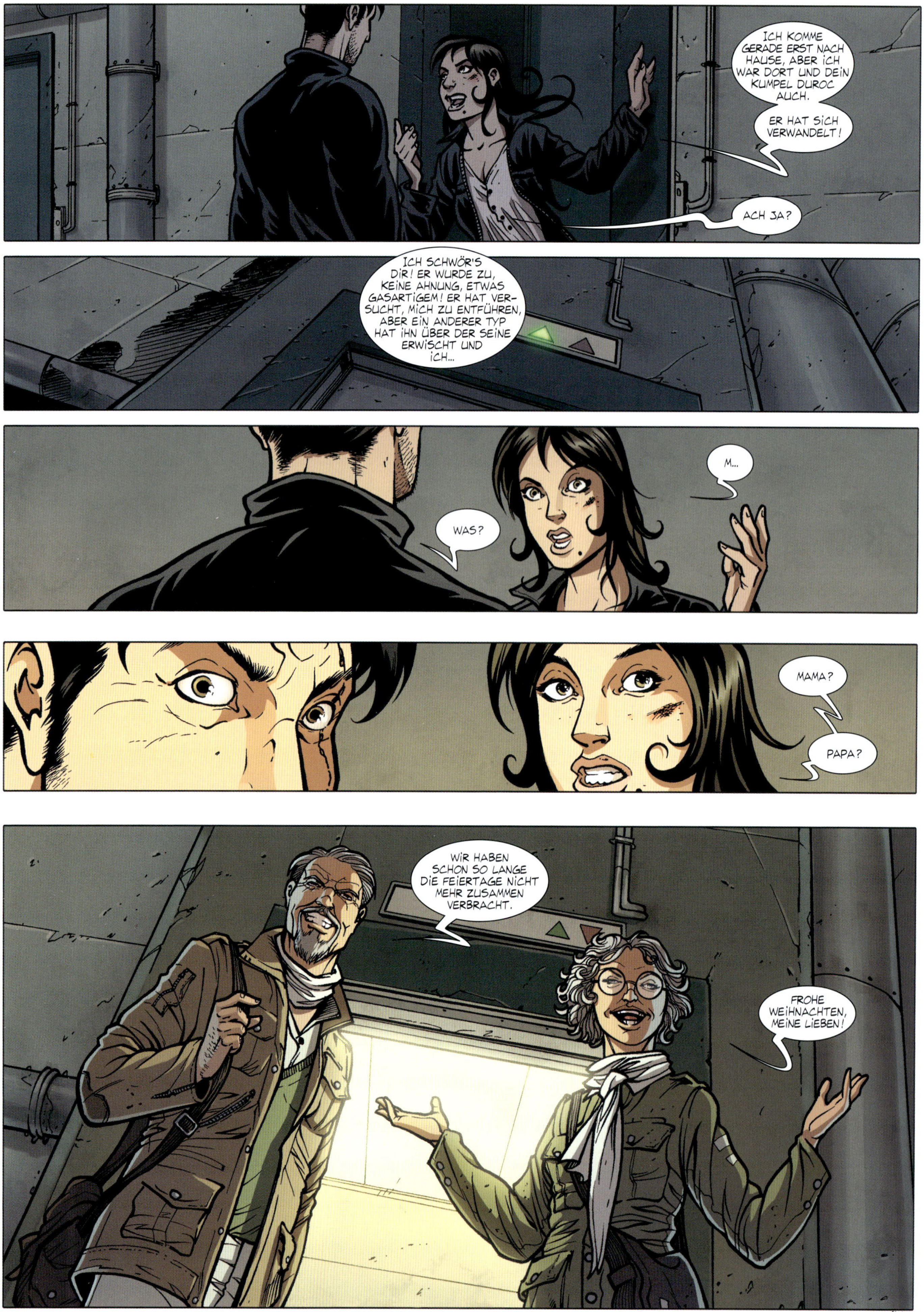

FORTSETZUNG FOLGT IN:
„CHIMÄREN UND GARGOYLES".

DIE MUSE DER NEUEN STADT

Es ist eines der offenen Geheimnisse der Metropole: Cléo Villanova, Schülerin von Guy Debord und Isidore Isou, dient dem grotesken Präfekten Beauregard als Quell für neue Ideen. Begegnung mit einem Eisberg.

An der Tür ihres Büros in der Universität René-Descartes (Noisy-le-Grand), das sie anscheinend nie betritt, hängt ein Poster von Alfred Jarry, der von einer Ubu-Maxime überragt wird:

„LIEBE IST EIN BEDEUTUNGSLOSER AKT, DA MAN IHN UNENDLICH OFT DURCHFÜHREN KANN.[1]"

Wäre ich ein Journalist, dazu verdammt, den Unsinn der Epoche wiederzugeben, fände ich die Formulierung vielleicht auch ein wenig hart. Doch meine Kunst ist eine andere: Ich schreibe belangloses Zeug. Ich schreibe, um das öffentliche Wort zu verdrehen und die Welt ins Chaos der jeweiligen Situation zu stürzen. Aber was stelle ich fest? Dass alle, die an dieser Tür vorbeigehen, stehenbleiben, lesen, glucksen, das Gesicht in den Händen verbergen, überrascht und empört wirken, den Satz in ein Heft schreiben, auf ihrem Telefon speichern, ihn fotografieren und ihn mit einem unanständigen Lächeln ihren Freundin ins Ohr flüstern. Studenten, Professoren, Putzpersonal: alle. Der Geist der Metropole beleuchtet diesen Gang.

Ich trete ein und da ist sie: Cléo Villanova zwischen ihren Büchern und ihren Verwaltungsstühlen. Das Fenster hinter ihr geht auf den Campus Descartes hinaus, der einem Bunker gleicht – wie alles, das sich heute Paris nennt.

„Wir waren nicht verabredet", protestiert sie und würdigt mich kaum eines Blickes. Doch mich hinauszuwerfen ist vergebliche Mühe, denn genau wie Jarry bei Mallarmés Beerdigung, trage ich Frauenschuhe. Wer würde den Sicherheitsdienst rufen, um einen solchen Besucher wegzuschicken? Villanova versteht die Anspielung; ihre Hand, die bereits zum Hörer greift, fällt zurück auf ihre Hüfte. Ich schwanke bis zum nächsten grauenhaften Stuhl und das Klacken meiner Absätze entlockt ihr ein Lächeln.

„Ah", sagt sie, „Sie sind vom Ubu Magazin.

„Ich gebe nicht viele Interviews", fährt Villanova fort und setzt sich mit einer engelsgleichen Pobacke auf die Kante ihres Schreibtisches. „Das letzte gab ich vor einem Jahr einem Ihrem Kollegen von Mégalopolis. Was rechtfertigt Ihren Besuch?"

Ich antworte, dass im Lauf des vergangenen Jahres, die Demonstrationen gegen die Präfektur eine äußerst interessante Wendung genommen haben. Ich zitiere die Gerüchte über Beauregard und seine geheimen Verbindungen zu den Anonymous. Ich schildere die situationistische Verblüffung, welche die Pariser jeden Tag empfinden, wenn sie über ihren Dächern diesen Haufen-Staub-der-sich-für-einen-Menschen-hält fliegen sehen, den die Presse „Mirage-Surfer" getauft hat (als ob das auch nur eine Sekunde das Ansehen des großen amerikanischen Silversurfers überstrahlen könnte). Letztendlich fasse ich alles zusammen, was sich seit der Ernennung von Beauregard zum Sonderpräfekten in der Metropole an Herausragendem ereignet hat und sich scheinbar unlängst verstärkte. Ruhig wie Packeis oder das, was davon übrig ist, geht Villanova zu ihren Regalen und schnappt sich einen Band. Anhand seiner Dicke, seinem schwarzroten Klappeinband - von der Londoner Metro inspiriertes Merkmal – erkenne ich Iain Sinclairs *Orbital*.

„Wer Nachforschungen über die Stadtgeschichte anstellt und sich mit den Details und Wunderlichkeiten aufhält, der wird schließlich verrückt[2]", liest sie laut vor.

Villanova – das ist stadtbekannt – hat Beauregard Ende des XX. Jahrhunderts auf den Sitzbänken der Universität kennengelernt. Psychogeographie wurde damals nicht unterrichtet, gerade mal als späte Spur im Schweif des Kometen des Surrealismus erwähnt. Was sich zwischen den Beiden an der Schwelle ihres gemeinsamen Epos' abgespielt hat? Eine Anzahl 'n' an Koitus vermutlich, aber wir, Ermittler des Mag, sind nicht befugt, diese Ermittlungen zu führen (zeitgenössische Pornokratie kommt gut ohne unsere mangelnden Fachkenntnisse aus und umgekehrt). Was wir wissen ist, dass Beauregard, süchtig nach seinem zukünftigen Ruhm, seinen Diplomstudiengang abgebrochen hat, um ein Nabob (= beliebt, unehrlich und gewalttätig) zu werden, während die bedächtigere oder durchtriebenere Villanova im Rennen um die akademischen Titel blieb.

„Zu jenem Zeitpunkt habe ich Debord kennengelernt", gibt sie zu. „Ein Jahr vor seinem Selbstmord. Er schrieb *Cette mauvaise réputation* und litt sehr, aber – ich weiß nicht warum – er hat auf meine Briefe geantwortet und zugestimmt, mich zu empfangen." Während sie das sagt, macht sie ein verblüfftes Gesicht, als könnte sie es immer noch nicht glauben. Gleichzeitig lauert sie auf meine Reaktionen. Weit davon entfernt, sie zu verbergen, zeige ich sie: Ich miaue, zappele auf meinem furchtbaren Stuhl herum, kratze mit meinen hohen Absätzen über das Linoleum. Im Mag sehen wir Debord als „den Letzten der Großen Verrückten". Durch ihn zeigt sich transparent und widersprüchlich, eine Zusammengehörigkeit, deren Geist die Geschichte der letzten beiden Jahrhunderte spaltet: Isou und der internationale Lettrismus, der Oulipo, Breton und die Surrealisten, der Imaginist Bauhaus, Dadaismus... und am Ende der Kette, weit draußen vor Anker wie ein fragiles Boot dort auf der Seine, wo er sich so gern mit Mallarmé aufhielt: Jarry persönlich, der Vater von Ubu und der gesamten rebellischen Dynastie.

---

[1] Ich habe diesen Satz als „Ubu-Maxime" bezeichnet, aber das ist vielleicht missbräuchlich, denn er stammt nicht aus dem Ubu-Zyklus von Jarry, sondern aus seinem Roman *Le Surmâle*, einer feinfühligen Geschichte über den sexuellen Supermann (1902). Sie hätten mich selbst richtiggestellt (sonst wären Sie kein Leser des Mag).

[2] I. Sinclair, *Orbital*, erschienen bei Inculte, 2006 (S. 247).

„Sie sind zu jung", seufzt Villanova. „Sie können es nicht wissen. Für Sie ist das alles ein Spiel, eine Pose, ein cooles Auftreten... (Ah! Dieses obsolete Wort!) Doch damals war Paris eine tote Stadt. Ganz Frankreich war tot übrigens... Es war der Niedergang von Mitterand. Und danach kam Chirac. Alte Männer der IV. Republik, die die Wissenschaft geringschätzten, Städten misstrauten, Sartre für einen großen Philosophen und Johnny Halliday für einen Rockstar hielten... Sie können nicht wissen, wie langweilig das war!"

Und so berichtet sie mir. Stück für Stück. Mit der dünnen Stimme einer eisigen Frau. Wenn ich alles zusammensetze, ergibt es folgendes: „Auf der Uni waren Joël (Beauregard) und ich uns über fast gar nichts einig, außer über dies: groß werden, Erwachsen werden im Frankreich Ende des XX. Jahrhunderts konnte nur in die Depression führen. Es gab nichts zu tun, an nichts zu glauben, nichts Gutes oder Großes, dem man sich verschreiben konnte. Überall auf dem Planeten amüsierte man sich also! Sogar die Engländer! Es war unerträglich. Eines Tages schrieb ich Debord – nur, um ihm das zu sagen – und er hat mich eingeladen, ihn zu besuchen. Er drückte sich äußerst gut aus, aber auf seltsame, lückenhafte Weise... Wichtig war nicht, was er sagte, sondern was er nicht sagte. Unter seinem Einfluss begann ich die Ursprünge seiner Gedanken zu erforschen. Alles, was bei ihm mit dem Situationismus und der Psychogeographie zusammenhing, faszinierte mich. Ich ahnte, dass dort ein mögliches Heilmittel zu finden war; Sprengstoff, um das mentale Joch, welches Paris erdrückte zu sprengen. Joël interessierte sich von Weitem dafür... Es amüsierte ihn, beschäftigte ihn... Doch er war bereits ohne Umschweife in die Geschäfte eingestiegen und die Politik war da nicht weit. In der Psychogeographie sah er eher eine Handlungsmöglichkeit, während ich sie für einen Selbstzweck hielt. Der kleine Unterschied schien mir damals nicht entscheidend, aber wenn ich gewusst hätte, dass Joël dreißig Jahre später die Metropole regieren und mich an seine Seite rufen würde, um eine wirklich situationistische Politik zu betreiben, hätte ich mehr darauf geachtet."

Das Rauchverbot missachtend, das in Form eines kindlichen Piktogramms an den Wänden ihres Büros hing, zündet sich Villanova eine Zigarette an und pustet einen Wirbel in meine Richtung. Erstickt, aber begeistert spucke ich eine Salve weiterer Fragen aus: Warum deuten alle unter Beauregard durchgeführten städtischen Maßnahmen auf eine Zwischenkriegszeit hin? Ist die Funktion des holografischen Phantoms bloß publizistisch? War es der Präfektur erlaubt, den nächsten Film von Alain Resnais mitzufinanzieren? Welchen situationistischen Sinn haben das plötzliche Auftreten und die wachsende Komplexität der Anomalien? Wozu gibt es eigentlich die fliegenden Autos? (Usw.) Finster denkt Villanova nach und klärt dann: „Das spielt sich auf metaphorischer Ebene ab. Es heißt immer „die Stadt macht dies", „die Stadt macht jenes"... Es sind Bilder, aber auf einer anderen Ebene sind es konkrete Dinge. Es gibt einen *genius loci*, einen Geist des Ortes. Das letzte Mal fühlte Paris sich während der Zwischenkriegszeit groß. Dann ist etwas geschehen, das dieses Gefühl zerstört hat. De Gaulle hat versucht, es wiederherzustellen, doch es war künstlich. Um die Metropole aufzubauen und erneut groß zu machen, müssen wir eine ästhetische Brücke zu der Epoche schlagen, in der dieses Streben selbstverständlich scheint. Hinsichtlich der Anomalien... ich weiß es nicht. Ich glaube, sie beweisen, dass es funktioniert. Dass hier endlich etwas Interessantes geschehen wird. Sind Sie nicht der Meinung?"

Wäre ich Polizist, würde ich antworten, dass ich die Fragen stelle, aber ich trage Frauenschuhe. Als ich mich erhebe – es wird Zeit – entscheide ich dennoch einen letzten Vorstoß auf dieses rutschige Terrain zu wagen. Villanova, das verstehe ich, macht all das aus Spaß am Intellekt. Sie beobachtet seinen Einfluss auf die Metropole, als handele es sich um ein exotisches Physikexperiment. Aber Beauregard ist weder Laborant noch Poet... Warum geht er derartige Risiken ein, obwohl er doch den politischen Himmel berührt? Stimmt das Gerücht, dass er Villanova aus Liebe gehorcht?

Meine Gastgeberin antwortet auf ihre Art und Weise. Ohne ein Wort zu sagen (auch ohne zu fluchen) geht sie an mir vorbei und öffnet die Tür. Zuerst glaube ich, sie bittet mich zu gehen, aber meine Augen fallen wieder auf den Satz von Jarry:

„LIEBE IST EIN BEDEUTUNGSLOSER AKT, DA MAN IHN UNENDLICH OFT DURCHFÜHREN KANN."

Und damit verlasse ich sie, diese eisige Mini-Messalina. Ich werfe einen letzten Blick auf ihr verschlossenes Gesicht, ihre angespannte Gestalt, das triste Büro hinter ihr, und die geheimnisvolle Aura, die die Gesamtheit verbreitet, lässt mich an Guy Debord und seine prophetische Psychogeographie der sechziger Jahre zurückdenken: „Die Sektoren einer Stadt sind in gewissem Maße lesbar. Doch der Sinn, den sie für uns persönlich haben, ist nicht übertragbar, so wie die gesamte Heimlichkeit des Privatlebens, über das man immer nur lächerliche Dokumente besitzt. (...) Und einige Begegnungen allein sind wie Zeichen eines intensiveren Lebens, das noch nicht wirklich entdeckt wurde.[3]"

D. Faustroll

[3] G. Debord, Critique de la séparation, 1961.

Lust auf mehr Abenteuer?
Thriller • History • Science Fiction • Fantasy

ukas

Weitere spannungsgeladene Geschichten bei BUNTE DIMENSIONEN:
Die abgeschlossene Serie: „UKAS"!

KOMPLETTE SERIE!

Bereits erschienen:

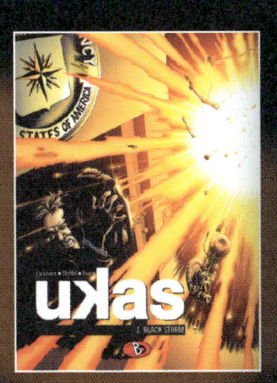

Band 1: „Black Storm"

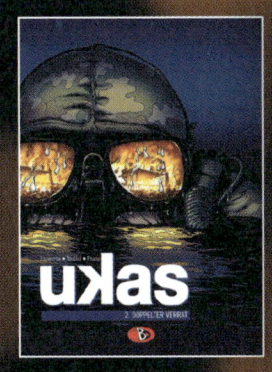

Band 2: „Doppelter Verrat"

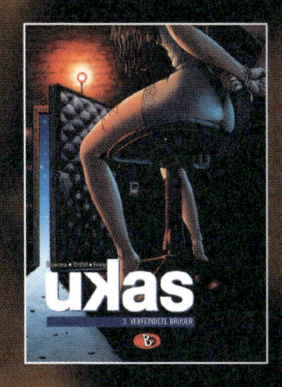

Band 3: „Verfeindete Brüder"

Band 4: „Die große Rochade"

BUNTE DIMENSIONEN – Wir sind Comic!

Leseproben unter: www.buntedimensionen.de

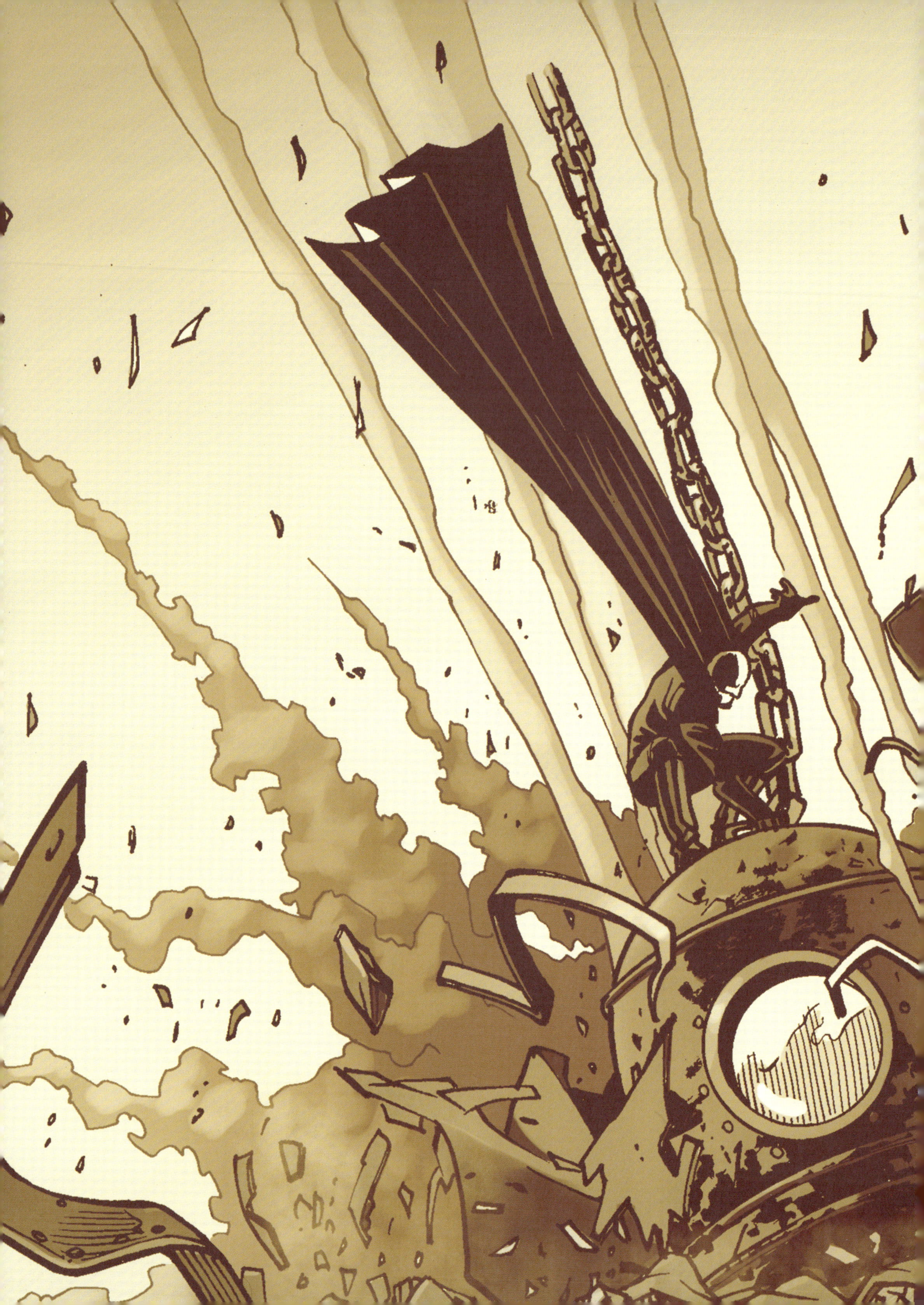